吉田正人第一詩集

人間をやめない 1963~1966

コールサック社

吉田正人第一詩集

人間をやめない

１９６３～１９６６

目次

I

II

吉田正人第一詩集

人間をやめない

1963〜1966

I

思想

俗に生きるな
俗に書くな
俗に愛すな
……ひとり

詩

書いて——
破った。
いつか……
書ける。
それまで、
私は
人間をやめない。

この詩は
僕の
テーマみたいなものです。
詩人としての僕を
確立させようと
努めている
僕の大きな
執念を感じとってくれたまえ。
人生は
そこから生まれるのだから。

Ｍ・Ｙの告白

――どうか小さな心のなげきを聞いてあげて下さい。

裏切られた人間よりも裏切った人間の方がもっと、もっと哀れなんです。

私は信じたかった――その小さな心を持った人間を――青く澄みきった空を望めない人間を――秋の来た事を知ろうとはしない人間を――多くを……そんな人間の多くを――私は信じたかった。

「無駄だったのかしら」

私が間違っていました。はっきりと言って口惜しいのです。信じました。どれだけ私が信じたことか……。だが、それすら彼らは信じてはくれなかった。誰一人として……

それでも、いつか信じてくれる……そんな期待を持ちながら、人間世界の小さな谷間の中に、その体を忍ばせていることにしました。

一人でも、たったたった一人でも……

その時、私の心は喜びにふるえて、……いや、いいんです。〈心はどうあろうと〉

信じたかった。信じていたかった。

人間を信じて――その小さな理性を信じて――連なる数字を信じて――六十万年の薄っぺらな歴史を信じて――丸い青い世界を信じた――私がどこに存在していたのか。〈空虚なる妄想〉

一カケの肉片も持たない。

破れたカベ。水色の大空。

好かれている。そう思っていた。

しかし、それが事故ではない。

信じられなかった人間と……信じ得なかった人間の……あゝ、そんな小さな問題ではない。


孤独でいよう。そこに何かを見つけよう。

して、何を得る。

この世界にいったい何があるのだ。

ヤーべもアラーもありはしないさ。

世界は欲望と争いと……。


エゴイズムのみ。

いや、それすらこの世界にはないのかも知れない。あてもない旅。

そんな旅を、今日も私達は続けている。

最初の点

だれかの……
動物園の冷たいベンチの片隅にいる
だれかの……
ポップコーンの皮をニガニガしく吹く
だれかの……
・・・
涙をからしてオモチャのピストルねだる
だれかの……
だれかの……
ひとりの
女の

男の
水晶体の底に
僕の挙動を支配する
点がある
点……点……
その点のくりかえしが
次元を越えて
淋しい位に僕の言動を支配する
みたかみないふりしてだれかがみたか
みたみたみたみたみたニタニタニタ
当時三才
その時最初の点を感じた

人間

すみません

あれこれと
人間を嫌ってきたあれこれと
人間をうらんできたあれこれと
人間をねたんできたあれこれと
人間をうらぎってきたあれこれと
淋しくっていつもいつも
人間をつきはなしてきた
でも……

やっぱりできなかったの
　キリスト様
　バンザイ！

嫌ったがうらんだがねたんだが
うらぎったがつきはなしたが
あゝ
それでも
なお
人間が好きだったんです

人間と道

人間
彼は
ニヒルな
動物です
でも
少しは
解ってくれても
いいじゃあないか
この
道は

吾一人の
道なりと
いきがってはならぬ
さねあつよ＊
カエルも
ネズミも
とおる
道なり

＊武者小路実篤

幸福な人に

——差し上げます私の小さな疑問を
あなたの様な幸せな人に

幸せって何かしら
あなたに私に解るかしら
幸せって何かしら
あの人に……
白い家のあの人に
赤い広場のあの人に
どんな幸福がいえるかしら

幸福の神になんか祈らない
あの人になんか願わない

逃がされた小鳥によみがえる
自由な過去……
そんな気持で
世界に呼ぼう
〈立て！〉
幸せとは
カベを破る勇気

なつのばんか

二度と再び語る事のない
その白い小さな石をひろう人たちよ
私のために……私の希望ある未来のために
あなたの涙をおひかえ下さい
あなたの涙の一粒が
私の小さな石作りの土手を流し去ってしまい
ます
　　私は孤独
　　私は迷子
栄光は去りました

今から……
そうです今から孤独との戦いが始まるの
この年月のいくつもの思い出は
暗い影として私の心の奥底に
小さく小さくうもれることでしょう
　ねむれ
　ねむれ
ははのむねに
さあ皆さん私の希望ある未来のために
その流すべき涙の一粒を
おひかえ下さい

嘲笑

犬がおしっこをした電柱に
ボクもおしっこした
チョロチョロ

空で天使さまが笑ってた

ちェッ

カラスが巣に帰る夕ぐれに
ボクも帰った

泣きながら……

空で
黄色い悪魔が笑ってた

ヤツめ！
カボチャを食いすぎたな

次の日は……ずっと雨
〈僕は一日中笑っていた〉

誰も
人間であることを疑っていない……

ある作家に

考えすぎですす彼は
人生の考えすぎです
考えすぎですす彼は
人間の考えすぎです
考えすぎですす彼は
思想の考えすぎです

考えすぎて
考えすぎてしまって……
毒だあ！

考えすぎではありません私は
人生も
人間も
思想もそして……

考えても
考えてもけっしてけっして
彼の様には死ねませんから

つぶやき

教室のかたすみで
赤い袋が
泣いていた

――オレ
　ヒトリデ
　サミシカッタ

ひっそりと
聞こえたよ

赤い袋のつぶやきが……

ひろったりんご・・・

少女はその小さな手の中に一枚の銀貨を握っていた―たいせつな忘れ物―そう想ったらかなしみがすぐに二筋の涙となってあふれ出て赤い頬を冷たくなでて行った一日考えて歩き……でもやっぱりかえすことにしたの夕方町のネオンサインを越えて屋根の上に赤いランプのついた建物の内に少女はひとり入っていったストーブを囲んだおじさん達は少女を見るとニッコリ笑いそれから少し小さな声で語り始めました「でもねお嬢さんこれはあなた

にあげましょう何か買って食べなさい」少女
は小さなおじぎを一つして……帰り道リンゴ
を一つ買いましたその甘い汁を泣きながら食
べましたお空で夜がしょげていました

「あのおじさんのお金ではなかったのに」

……小さなリンゴのつぶやき

自由

自由
自由なんです
自由のあるかぎり
人間はいつまでも生き続けます
大ちん
いわく大人のおちんちん　え、
おとなですか
妻もいます
子もいます
いいえ

つまらない
ときたま
大人でなくても
ちっちゃな自由にあきたらず
むしょうに自由が欲しくなります

もとめますボクは正直
求めます

あ、　スウェーデン！
もっと自由を

十月の思想

そんなにも
赤かった北京の空にも
そんなにも
白かったワシントンの町角にも
僕のしずんだ宇宙はない

電車の中で
よろける僕を
ヒザにすわらせるヤツはいないか
僕の宇宙を燃やすヤツは……

二人の女の誘惑に耐える君なら
たった一日
ペンキ屋の苦悩
味わう勇気は
持っているはずなのに

本日開業
無料にいたします
たとえ
高いビルの上でも……

彫刻

小さな女の子の夢は
だいこんを刻むだろう

偉大な科学者の夢は
宇宙の底を刻むだろう

・・・
父はたばこを
星の夜に刻むだろう
巨大な歴史は
明らかな時を刻むだろう

人間の企ての全てが
神の予言を破って行く
悲しみを刻むその手……
喜びを刻むその手……
六十万年の苦悩を
刻んで来たその手は
いまも人間像を刻んでいる

刻む！
刻む！
何を
刻む　？
ある日ひょっこり
次元の世界を飛び出た君は……

TO-T. Fukushima

II

師と私

啄木よ
あなたは実に偉かったそれだからこそ
俗な世間はあなたを嫌ったのだ
良い作品だけがあなたの命
太宰よ
おまえは実にうまかったそれだからこそ
俗な世間はおまえを迫害したのだ
良い作品だけがおまえの命
谷川よ
君は実に生きている

〈文字の娼婦を絵画く男〉

それだからこそ俗な世間は
君を理解しないのだ
良い作品だけが君の命
ノビロマメノキアサヒノゴトク
ノビロマメノキクモツキヌイテ
テンマデノビロオオキクノビロ
金もなく地位もなく名誉も愛も今はなく
じっと余裕を持ってただその日を待っている
人を喜ばすことが何より好き
人一倍の熱い自覚を持つ男
希望と勇気と可能性を内に秘めた男
夢ではなく虚勢でもなく
現実の深い谷間に立つ男

今こそ言おう
ペンを持ったこの手を上げて
それは
私

治にも負けず

参考　雨ニモマケズ

治にも負けず啄木にも負けず
俊太郎にも誰にもまけない
美しい芸術を持ち欲はなく俗欲はなく——
必要にせまられれば火山のごとくいかり
いつもひとりで考えている
一日に詩二編と短歌と少しの小説を書き
…………
あらゆる人を自分と関係づけて
良く見考え書きそして忘れず
海辺の家の室の中の小さな机の上にいて

…………

山に月見草の花あれば行ってその花をつみ
浜に悲しき人あれば行って共に泣いてやり
社会に不当な行いあれば
行ってその筆をふるい
誰にも負けず誰にも負けず
書けぬ時には涙を流し忙しい時は
じだんだふんでみんなに偏人と呼ばれ
めずらしがられながらも解ってもらえる
そういう人に
僕はなりたい

ポエムマシンの思想

――イデオロギーのない人間は一口に言って幸せですね。僕はイデオロギーなんて、嫌い、又持ちたくもありません。君もですね。でも思想はあるのですね。そんな意味で僕等は谷川さんの同胞の様な気がいたします。事実そうなのです。幸せ。うれしい。君も詩人僕も詩人で谷川さんも……いや彼は、ポエムマシン……彼は詩を書く機械か…やっぱり、谷川さんだってね…きっとそうだ、きっと、きっと。思想は大いに持つべきです。僕らはまだ子供なんですからね、そんなに急いでイデオロギーなどに凝固まる必要はないと思いますよ。それとも、いっそ、永久にそんなものは捨ててしまって思想だけの方が良い世界を作ることが出来るのではないのかしら。

君はどうです。

片や赤が白だ白だってわめいたって赤がいいのかも知れません。本当は白がいいのかも知れません。と言っても白にかたを持つわけではありませんがね……なんだか運動会みたいになっちゃったね。とにかくイデオロギーなんてものは大人の哀れなおもちゃなのさ。

ではお元気で……

良い詩を作って下さい。　さようなら

腹よ詩を作れ

腹が立つ。
故に唯書く。
誰のためとは言えないが……
腹が立つ。
何も言わずに黙っている。
君達に
僕の好きな詩人の新しい詩を贈ろう。
腹が立つ。
故に唯書く。
一心不乱。

今に見ろ！
腹が立つ。
平和に人間に人生に……
あゝすべて

　俊ちゃん
　見ててくれ。
　おれ……やるぜ。
腹よ立て。
もっと立って
詩を作れ。

イメージ

――感じちゃったんだ
〈イメージ〉
フランス語は
愛を語るに適しています
中国語は
漫才に
ドイツ語は
世界平和のスピーチに
イタリア語は
ひとりごと……

英語は
ユナイテッド・キングダム・オブ・
グレイト・ブリテン・アンド・
ノース・アイルランドを追放し
スペイン語は
別れの言葉
〈アディオス〉

して
日本語は
常に国語辞典どおりの言葉

ひらがなのきせつ

ふねはさんとすこらーさごう
そらにまりなーかせいじん
うみたいせいよう
かぜなびく
なみにらむねのびんうかび
くもがいえにすをつくる
よるちゃるめらのおとをきき
ひるさむく
ぶたこごえしに
いぬはしただし

ひときえる
そして
めには
なつぼこり
ああ
なんと
むのうな
ひらがなの
きせつよ……

沈黙

ふざけているかも
知れません
でも
あなただけは
解って下さい

「…………

…………

…………

…………

…………
…………
…………
…………
…………」

何も考えずに
たくさんの点を
うってきた

生きよう

悪夢の中で

憎むのです
憎ませて下さい
あなたが髪を解く間
私の抱いた欲望の数々を

哀れむのです
哀れませて下さい
あなたが去りかねていた時
何も言えずにうつむいていた私を
　悲しくなりました

でも……帰ります
あなたの小さな陰の中でそっと握った
うつろな幸を満足していた私

幸せになって下さい私なんかに構わずに……
泣いても涙なんか流しませんお苦しくてもひと……
りでなんか悩みませんそれでも私という俗な
男が居たことをどこかへそっと納めておいて
下さい

そんな悪夢の中で今日も私は一枚の原稿用紙
書きつぶしている

セリフ

……ムカ　！

ウルサイ
ダマレ
クソババア
コンナイエノヒトツヤフタツ
トビデルクレエ
ナンデモネェ
オノレハ
ハヤククタバリヤガレ

トメヨウタッテモウオソイ
キクミミモタン
ドウセコノヨハ
ヒトリキリ
ミオクリャイラヌ
ゲンキデクラセ
アトデフトンハトリニクル
ソレジャ
アノヨデ

アバヨ

夏の詩

アイスクリームは甘いけど
この例外……
かあちゃん
イライラクシャクシャで
しかられてしかられて
口ずさんだ黒い詩は
青い涙に
流れ
流れて
流されて

いつのまにやら
河となり
海となり
日本海をプカプッカ
オホーツクをプッカプカ
ニシンやタラの
お魚に食われて消えた
ア、
夏の日よ夏の日よ
人生が大きく思える日よ

ポエムビールス

……詩の好きな医者がいた

あの夜
黒い霧がかすめて去った
　　〈顔に忘れられた鼻は叫ぶ〉

私が
戸口に立つと
医者はどなった

〝ポエムインポテンツ！〟

淋しさの中で
オルガズムのない詩
何枚も書いた
そのたびに黄色いリンゴをかじった

さようなら
つまらない事言いました
でも生きる事だけはやめないつもりです

星に感ずる

星が消えちゃえば
宇宙なんてダメなものさ
光だって
空気だって
もちろんチリひとつない
ばかでかい穴のオバケ

一度そうなることを
僕はひそかに期待した

幸せと共に不幸が消え
ペニスと共に女が消え
車と共に事故が消え
人間と共に思想が消え
ブルジョアと共にプロレタリア消え
そんなことは起きないかと
そんな期待も消えうせて……アアイイナア

——虫の良い話ですが
僕と詩だけは
消えない事になっているんです

モチーフ

僕の好きな本をとると
快い重みが僕の手に伝わる
快い重みの中に
僕の好きな文章がある
ひとりの作家の青い血がにじんでいる

僕の思想は
みんなあの人のものではないのか
言葉では叫べない
プラトニックな……

思想が
僕に幸せをもたらすだろう
――あっ月見草！
――ねじれたヘソの緒……
――思い出の河。
三つのモチーフが今日も僕を巡っている

真夜中の随想

かつて
男の求めていたものは
詩ではなかった
それが
ある種の液体によって満たされた
創造の空洞を通ると
男はもう
黒い詩人になっていた
　　　無限大の光の中の
　　　無限大の僕の人生……

ある時の……
その道端でひろった
トルコ石の輝きに酔い
黒い詩人は水色の星を吐いた
星は知らせる……
黒い詩人に
若いロウの肌を持った女を……
誰かの幸せが
誰かの悲しみを生むのだとしたら
神が夜を与えられたことの真意はなにか
　無限大の光の中に
僕の無限大の人生はないよ
たとえそうじゃあなくっても
詩人なんぞにゃなりたかねえ

その夜
女は青く燃えた
まるで自分をためすかの様に
その時から
黒い詩人はふたり……
　現実はいやな思い出
　僕はすぐに自分を知った
黒い詩人は
ある日突然！！！

たったひとりの自分に
恐れながら
つぶやくなくした星に
つぶやく何も解らずに
つぶやく……

巨大な孤独は
詩人の罪……

女は
骨をぬきとられた様に
ひとり燃えない
夜は
僕を
知
ら
な
い……

詩ズム

六十万年もの昔から続けられている
人生は今もなお残されているし
悲しいし
辛いし
淋しいし
山や川や海もあるし
くだらないし
泪が出るし
酒を飲むし
恋し

愛し
結婚するし
冷たいし
眠るし
つまらぬし
あきてしまうし別れるし
はじをかくしおかしいし笑うし
夢もあるし破れるし泣くし
うらぎられたら死ねばいいし
どこにでも詩はあるし
良いし悪いしつまり人生全て詩
ですし……

願い

〈元日に〉

あたたかな手袋も
熱い一パイのお茶さえも
私はいらない

ただ……
小さな灯が
私は欲しい

Ⅲ

世界デモ

だめだもうだめだすててはおけぬ
　いわしておけばいうじゃないか

政治家だってさ？　とんでもない
政治屋さ
民主主義だって？　うまいなあ
独裁だろう
なんだってなんだって
帝国主義？　ちげえねえ
でも貴様等だって

ふん！

だめだもうだめだすててはおけぬ
　わっしょい　わっしょい
　わっしょい　わっしょい

もうとめるな
いやとめることはもう出来ぬ
世界デモは何へのデモか
世界デモは神へのデモ

五輪分解

一九六四年
十月
オリンピックの年
幸多き年
ただそれだけの年
いやに世界が騒がしく
楽しい年
なのに……
どうして泣く

そこに
私は
五輪分解を見た

オリンピックの年
〈東京は泣いていたの〉
悲しかったな
辛かったな

でも……
でも……
良かったんだなぁ――

政治家

——オリンピック映画に——

ぐずぐず言うな
何も言うな
君が彼を選んだんじゃないか
考えてくれ
思い出してくれ
君は彼を信じてたんじゃないか

詩なんか書いているつもりはない

〈怒りだ！ただ怒りだ〉

無責任野郎のよっぱらいは
無礼千万
彼〈思い出は小さな記録〉が
解りますか君に……

スポーツマンシップは
政治を越えて圧力越えて
人類越えて記録越えて……

ピエールド！*
政治家をたおせ

*ピエール・ド・クーベルタン
オリンピックの創始者　１８６３〜１９３７年

小さな叫び

――パウロ六世に――

叫べばいい
クリスマス停戦さけべばいい
叫べばいい十二月だと
キリスト様のお誕生日だと
叫べばいい
さけばないより
沈黙を守って叫ばないよりいいと
二三日でもやめろとさけべばいい

しかしもう……

そんなチラリズムは
この世界には通用しない
その欲望は満たされない

叫べばいい
冬の夜のたのしみを死んでしまって
この世に居ない思想だけをさけべばいい

しかしもう……
人間の死の現実はたとえ平和にもどろうとも
永久につぐなわれやしない

――もういいかい
まあだだよ……

赤や黄色や緑や青や……
そんなランプに照らされて
みせかけの平和をさけべばいい

キリスト様ねえイエス……
あなたはクリスマスの日だけにしか
この世界におられないのね

――白い子と黄色い子のかくれんぼは
夜になっても続いている
あの青い空のどこかで
キリスト様は君の消極さを
いつもいつもなげいておられる
それが時々
真白なハンケチからこぼれおち……

こんな神話は子供は見向きもしないけど
……君は知ってるはずなんだ

まだか
死をかけた偉大な法王の発言はまだか
奇妙な冬の終りはまだか
正義はまだか
後悔まだか
しかしまだ
しかしまだまだ

クリスマス停戦
ただ
それだけ

和平の

戦後二十年

戦車なんていりません
軍艦なんていりません
ジェット戦闘機いりません

原子爆弾もってのほか

外国憲法―大歓迎
占領憲法―ウェルカム

敗戦国日本万才！

国民はうわのそら――
君達だけがわめいてる
それだけさ　それだけさ

結論は
常に　つねに
憲法改正反対です

カベ

ベトナム情勢激化に

解こう
ただ解こう
まず解こう
忘れぬうちに
さあ解こう

今の彼には重すぎて……
悩みはアンドロメダの星のかなた
ドイツ人の心の奥深く

アジアの東南—五十歩百歩
三尺下って師の影ふまず
でも
今の彼には暗すぎて……
だからって忘れるな
ベルリンを忘れるな

バカモノノタメニ

ヒトコトダケデモイワセテオクレ。
ボクノコトバモキイテオクレ。
タッタヒトリジャトドカヌユミヤ。
ダケドイワズニャイキラレヌ。
　ダレガヒトヲコロスノカ。
　ダレガムジュンヲツクルノカ。
　センソウデヘイワガイトレルモノカ。
　チナドデナカマガフエルモノカ。

イウノハアキタガ

イワネバナルメエ
センソウズキノ
バカモノノタメニ

あたりまえ

〈日韓会談に〉

あたりまえの
そんなにもあたりまえのあたりまえを
あたりまえになさない
あたりまえがあたりまえ……?
〈ウロウロ〉
うろたえるねずみ　おどるねこ
いつも
いつもあたりまえ
これで……
これでいいのかしら〈日本〉

ねえキリスト様
〈けれどあなたはしょせん人間で
　奇跡など起こせやしない〉

一分間の恐怖！！！

そんな怪しげなものに
僕らは
もうなれて
なれて
なれてしまって……

マンネリ人生

太陽が東に出たら
一番鳥が朝をつげ
牛乳屋の口笛に
ひとりノコノコ起き出して
ねぼけまなこをひとこすり
ここに一日始まって
新聞片手にはし持って食べりゃ
朝・昼・晩のめしもあき
家に帰れば
いつもと同じ文句タラタラ

再放送も三回目
マンガ見ていりゃ眠くなる
あゝ　マンネリ　アアイイウエオ

誰か殺して――
いつかふっと
そんな気持にならないでもない

御忠告

あんさん
言葉なんちゅうもんは
みんな抽象的でよって
つごうのええものばっかりやおます
ちいと
あんさんの
手違いでよって
悪い結果が
出なはったなら
さっそく

あんさんのポーカーフェイスでんなあ
それ利用しなはって
はったり
たんときかして
いってやりいな

「これ軍隊とは違うんやでぇ
あんさん等を
わて等がアジアの危機から
あんじょうお守りしたるんだっせ」

……となな

接続語のスピーチ

——よって……

また……
あるいは……
なお……
しかし……
それとも……
ならびに……
したがって……
しかも……
ところが……

すると……
および……
もしくは……
そして……
ただし……
そこで……

……でありますから
皆様の清き御一票を
○○党公認×氏に

選挙に思う

二十才の諸君!
君たちがいつまでも本当にいつまでも
子供との大きなへだたりを保って行こうと
望んでいるのなら
開くんだ……さあ眼を開くんだ

あゝなんたるポリティカルアパシイ
君たちが大人だと叫びたいのなら立派な大人
だと叫びたいのなら

もっといやもっと
政治に
詩を持っていただきたい
自由と平等の調和の政治に
子供の様な純真さを持って――

禁酒者の苦悩

——御心配下さるな

酒
さけ
サケ
御酒
おさけ
オサケ
酒野郎

さけやろう
サケヤロウ

酒酔う
さけよう
サケヨウ

あゝ
避よう

酒について

おかしな苦悩をおしつけられて
たびたび
こんな言葉が出る

——もうやめるよ

栄光のために

人皆生を求めず人皆苦しみを知らず
人間一体の思想をすて
大いなる喜声を上げ戦争の白き花と化す
　死人に口無し
人皆主君の欲望にかられいつわりの道を歩む
昼夜熱寒に喘ぐらし
熱風吹きすさぶ戦場その白き砂の上に
若き生命を賭けそこに主君への赤き恨み
散らしつつ白き石と消えていった
　傷の上の傷の中のその又上の傷の傷

知られんいつか知られん
彼らの心から自由の精霊をうばい取った
あの鉛の弾丸よ！
二度と再びつらぬくではない
友よ祈ろう
明日の空を自由の小鳥がさえずる様に……
愛そう生きよう
この重いとびらに向って語りかけよう
両立せよ！
共存せよ！
偉大なる人類栄光のために――

ひげ

—父に—

いつか小さなひげがはえたら
親父さん……て
呼んでみたいボク
　ベトナム情勢の様に気にかかる
　成長期のひげ
カストロさんに
トウモロコシ
　M・キューリィーにカビが生え
・・・・
しっだまってひげがうごく
PIC……PIC……

緑色の草木が小さな思い出を
持って帰ってくる頃
薄暗いオデン屋さんの片隅で
親父さん……て
呼んでみたい
でもまだ春じゃない
それまで心に残しておこう
それまで開かない戸をたたこう
開けゴマ——
ボクの声はかすれてきたよう

てがみ

——ある大学生より——

君なんてどうでもいい
季節なんて人なんて
愛なんてどうでもいい
おれの言うことひとつだけさ

——またか！
　またなんて……
　　言っては悪いかしらン
元気なんてどうでもいい

こちらも
そちらもどうでもいい

さあ
金送れ
金送れ
金だ
金だ
金
送
れ

カネ・カネ・カネ

交通事故デ
彼ハ死ンダ
工場ノクレーンノ下ジキニナッテ
彼ハ死ンダ
ソシテ……
人ハ言ウ
イクラ　！

イクラ　！
トドノツマリハミンナソコ
デモ
彼ハ
死ンダンダ

真実

紙を下さいと言ったら
おばさんは
鼻紙をよこしました
ちがうんです
僕等の言う紙とは
原稿用紙のことなのですから

キリスト様
われに神を

親父さん
今月―紙二枚貸して―

ばあちゃん！
カ！
ミ！　〈ないしょの話です〉

ねえ……

Ⅳ

——思い出

つい先日まで……
僕は
こんな詩を書いていました

レモンの愛

自己愛から眼ざめた私は
私の中の私ではない私と
青いレモンの口づけを…
まだ青い小さなレモンの
口づけは遠い異国の夜の
かおり北ヨーロッパの夜
のかおりは愛なき愛の言
葉を交す交す言葉の小さ
な夜に愛なく交わる二つ
の性異なる二つの小さな

性は今日も愛なき沈黙を得る二人の交わす小さな愛は一度は作ってみたいよなあのバイロンの切なき恋の詩口ずさんだ恋の詩はゆうべみた詩のひとつだけひとつだけの初恋は青いレモンの味がする。

H・Mに

僕は君を知ろう
君が
僕は好きだから
……君ひとり
だから
君も
僕を知ってくれ

……僕ひとり

君と僕とで
長く険しいこの径を
歩んで行く為に——

僕は君を知ろう
君が
僕は好きだから

おんなのこ

わかっても
わからなくても
いいえ
わからなかったからこそ
すきになり……

しのわからないおんなのこは
それでいて
しをわかろうとしてくれるおんなのこは
なんとも

とっても
ういういしくて
すがすがしくて
――そこにもひとつしがありました
ぼくはしぜんをうたがった
あのこのどこに
おっきなおっぱい
ちっちゃなたにま
あるのかしらと……

――おんなのこはあめをペチャペチャしゃぶ
っていた

口づけ

誰が求めた訳ではなかったのに
過去の重いとびらが僕らに開けた

僕らはひとつの詩となって
夜の谷間にけ落される
重なりながら……
はげましながら……

君の胸のたかなりが僕の何かを感ずる時
僕は甘ずっぱい太陽になる

僕の俗愛の液体が君の何かを感ずる時
君は僕の夢となる
――リンゴとチョコの甘いささやき――
男と女の平凡さが
僕らをけっしていかさない
しかし愛のあるかぎり……

闇の静けさに君は負けない
君の愛に僕も負けない
愛のない口づけを僕はしない

愛なんて

愛は同情だと言われますか
愛は手段だと言われますか
いいえ
私を愛して下さる方のために
そうは思いたくないのです

夢だとはけっして
夢だとは……

マイ・ハンター
あなたは？　さあ‼
でも
ぼく
まだ
あまり
ぜんぜん
愛なんて……
愛なんて……

マイ・スィークレット

突然——
おちんちんが起き上って
僕のちっちゃなおなかの上に
いいニオイの
なんともいえないいいいい感じの
白さの
ペトペトの……

オ、！ミスティク

誰も見てはいないのに
僕とっても
うろたえちゃった
〈横で子猫がスヤスヤ寝てた〉

あんな感じ
どんな感じ
こんな感じ
ねっ！
解るね
ねっ！
ねっ！おじちゃん

キミノナハ

マストマストノアイダニマスガデキ
マストマストマスノアイダニマスガデキ
ソノマタマスノマスノアイダノソノマタ
マスノマスノアイダニマスガデキ
ソノマスノクリカエシクリカエシ
ナニモイワズニクリカエシヒトツフエ
フタツフエミツヨツイツツマスノマス
アノソラノアノクモノチイサナアイダノ
マスノマス
〈アメーバ〉

ブンレツニブンレツカエシクリカエシ
マスマスフエルマスノマスノマス
マセヨマセマセチイサナマスヨ
ケシテヘルナマスノマス
オレノアタマハマスデイッパイ
クチイッパイハライッパイ
ペニスイッパイ
マスノマス
——キミノナハ
オレノナハ
オレハ
ヨンヒャクジズメゲンコウヨウシサ……

孤独

誰も居ない遠い所でかいている

抽象画をかいている
大という字を百余りかいている
数字の十三を好んでかいてる

幸をあの子にかいてる
人生の深みをかいてる
人間像を今日もかいてる
金をかいてる

ヒマをかいてる
女も肉体をかいてる
心だってかいてる

ジンマシンかいてる

恥もかいてる

ひとり静かにかいてる
penisかいてる

何もかかない時だって
ポエムだけはかいている

チャタレー夫人

健康のあまりに
パリの美術館へは毎日かかさず通いました
夫は
私がここに来るのを嫌がり
何かと家事をいいつけて出て行きます
でも私は
手まめに家事をかたづけて
今日も又やって来てしまいました。
いつもの所に立って
穴のあく程見つめていると

その日の家事が多ければ多い程
その像の一部はたくましく見えてくるのです

こんなに考えるのは私が
不貞だからではないのかしら……
私はこの像を愛して
いや嫉妬さえ感じて家に帰るの

私が帰ると管理人は
未だ私の体温がかすかに残っている
像のあの一部を
中性洗剤で洗っているのです

なぜか
管理人はうかぬ顔をしていた

あの管理人こそは
私の夫
チャタレーなのであります

春の夜のいのり

夜が来ると
女は
おしろいをベタベタとぬりたくる
すみきった愛情にさえ
おしろいをぬりたくる
そして今日も
よれよれのスカートをはいて
ネオンの町に消えて行く――
風にのって伝わって来る

女のいのりを
僕は聞いた
いきるためよ
これも……

芸術の……

芸術のある夜はいつも恋人と遊んでいる

いつの日か……
けれども
その短さの中に一つの幸せを見つける！
いつの日か……
けれども
その祈りだけはうそじゃねえ！
空の青さをあの子に上げて……
けれども

その愛の代償が代償ではなくなった
あの日
夜の太陽は
重苦しい異質の物体をささえていた

恋人よ！
君は
僕を
君のからだの一部にしたくはないか

夜の太陽はたえず姿を変えている
けれども
一度燃え出せば
白い液のつきるまで
アートは

ハート
ラブは
ラフ……

芸術のない夜はいつも哲学書を開いてる
その広大な白さの平面への表現は
なぜか宇宙と対立するが
彼らのペニスは
それこそが実体だと叫ぶだろう
ポエム・アンド・デッド
この秘密が
ひとつの人生をも支配し得るのだから
TO-MY FRIEND

最後のひとつ

放せ
さあ放せまず放せ足を放せ手を放せ指を放せ
腕を放せ肩を放せ口を放せ耳を放せ首放せ髪
を放せ鼻を放せ眼を放せ放せ放せペニスを放
せ放せ放せただ放せもう放せ言われたとおり
にすぐ放せ放せおれを放せ男を女を放せ放せ
孤独に放せ未来に過去の中の悪夢に放せ雨を
はらんだ風に放せ冷たく白い雪に放せかなた
に放せアンドロメダの星に放せ放せ神を放せ
月を火星を放せ苦しい夏の暑さに放せ放せ放

せ永久に汗とホコリに放せ血と涙を呼ぶ谷に
放せ人間に放せ主義に放せ白い砂の上に放せ
大西洋の荒波に広い淋しい原野に放せ放せ暗
い異国の土に放せ文字に放せ白紙に放せ放せ
詩に放せ熱いロマンの中に放せ放せさような
らと放せ放せ治に放せ俊ちゃんに放せあなた
の愛はもういらぬやわらかな乳房もおれはい
らぬおもうな思うな不幸などとは放すことが
あなたに出来る最後のひとつ放せおれを放せ
放せ笑って放せせせめて心で泣きながら放せ

V

手書き詩片

破壊——
虚構……
革命!!
以って死す可し。

正人

SUNUMEクラクラ

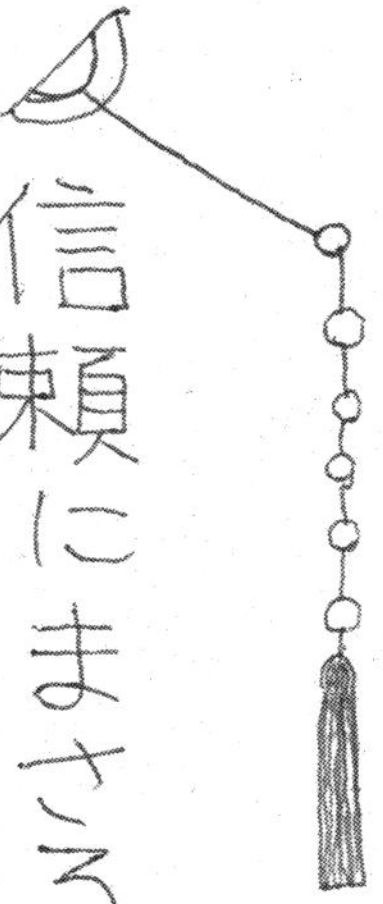

信頼にまさるモラルはない。

M. Yoshida.

吉田正人

一太宰治ーキルケゴール
十坂口安吾ーニーチェ

うまれて、すみません。

Ⅵ　資料編・論考

14　DISTINCTION

《わたし》は、斯断言する……《わたし》の類である《われわれ》は、仮令、《あなた》の存在が、如何に個として価値あるものでも、正に《あなた方》の存在よりも、理屈抜きに優れている……それ故、《われわれ》の内部において、《わたし》が如何に劣っていても、《われわれ》の一部である貴重な《わたし》の存在は、断じて《あなた方》よりも、優れている！

〜詩集『虹の終焉』より〜

序にかえて—Sへ—

やっと《福祉論》が完成しました。

残念ながら、しめくくりが、もう一つパッとしませんが、内容には、自信を持っています。

僕の視点を理解してくれれば幸いです。というのは、これは、今まで考えられて来た福祉とは完全に違う視点に立って書かれているからですが、僕は本質的には、障害者の福祉のことを書いたのではなく、革命の中における、障害者の位置を明確にしたという意味でラディカルなのです。ですから、これは本来、福祉論ではありません。

—差別社会で福祉の論破—

1．僕に関する事柄は、仮令それが、犬の糞のことであろうと——総ては僕の問題である。

困ったことに僕には、自分の眼の前にある問題に対して、人々が要求するような、如何なる客観的立場も存在しない。僕に関する事柄は、仮令それが犬の糞のことであろうと、未だ、江戸城の瓦礫の上に、象徴として、君臨する奇妙な王族のことであろうと、総ては僕の問題である。僕は、自分の思考の内に、絶えず、親しい友の授けてくれた新たな知識を書き加えるが、その判断の方法は、いささかも変りはしない。僕は、僕の立場で、ものを言う。それが、僕の人格の反映なら、そこには、果たして、僕の利害が生まれるだろう。

僕の下す判断が、僕の利害に関る以上、それは、如何なるものであれ、僕の主観に過ぎないのだ。人は、これを坊主主義、あるいは観念論と呼んで、僕の立場を拒否するかも知れない。——結構なことだ！　彼には勝手に自分の利益を投げて捨てさせて置くが良い。それによって、自己を無に帰し、愚劣な政治の犠牲となるのがお望みならば。もちろん僕は自分の下す判断が、何時も正しいものだと述べ立てている訳ではない。けれども、もし、自分に関する問題に、人が、それぞれの正しいと思われる判断を下すことが出来ないのであるならば、客観的判断とは、一体、誰が下すのであろうか？　ある種の人たちは、党が、それを下すのだという。他の人たちは、神だという。聞いてみたまえ！　彼らは、党の判断、あるいは神の判断を後生大事に、くりかえすだけである。党や神は、彼らに仮面を貸し与える代わりに、彼らを自分のモップに仕立てるのだ。けれども、人が、自分の関わる問題を、独自に考えて行く限り、自分と自分の属する社会の利害に、無関心で居られない筈はない。重要なことは、僕たちが、自分の得るべき利害の内容を自らの手で作りだすことであり、自分の下す判断によって、最終的に、その利益にあずかるのは誰であり、又、誰の属する階級であるかを、明確にして行くことである。

福祉という言葉は、その現実の醜悪さを説き明かすためには、あまりにも美し過ぎる不似合いな呼び名でしかない。それは、今や政治的策略の一つとして、かまびすしく、巷に連呼されてはいるが、その内容は、この差別的社会の現状を、根源的に改善しようとするものではなく、むしろ《我が党》の政治的安泰の下で、それを如何に温存させるかを模索しているとしか思えない。全くお粗末な代物である。無関心以外の何ものでもない客観的判断を振り廻し、福祉を野心の道具に使う、下司なやからに気を付けたまえ。宗教的道徳や政治的約束や主義の名の下に、権力が絶えず人間に放棄させて来た個人の利益は、総て奴らが掠め取るのだ。奴らの受ける、奴らの利益は、果たして、僕たちの自己犠牲と愚かしい自己欺瞞の上に成り立っているのである。どうして、僕たちの利益を要求し得ない訳があろうか？　僕たちの利益が、僕たちの求める福祉の内容の総てであるのに、どうして、僕たちが、負い目を感じなければならないのか？

福祉が、現にその名の通り、僕たちに対して幸福をもたらす義務があるなら、その目的となるべきものは、僕たちの利益を除いて、他にはない。――権力の足下に平伏し、我が身のために慈悲を求める、その卑屈なる奴隷の哀願を止めたまえ！　福祉は、もはや気紛れな為政者の恥じらいに支えられた憐憫の産物などではない。それは、僕たちの奪い取るべき利益の目録であって、そのための闘いは僕たちが自分に許した、当然の権利の遂行である。

2．僕たちが、自らの闘いを通して、社会を障害者の理想の下に復帰させるのは当然ではないか！

福祉の論破にあたって、まず述べて置かねばならないことは、障害者のためであるべき筈の福祉行政が、実は、逆に、それを行う人間にとって都合の良く作られたものであるという事実だ。彼らの目的が、障害者の幸福ではなく、その不満の管理にある限り、福祉がけっして、真に障害者のためのものとはならないだろう。彼らの問題とする福祉行政が、多分に嫌々ながらのものであるにもせよ、絶えず施設拡充の方向を取り続けているのは、それが、多くの障害者を管理するために、最も都合の良い状態にあるからである。一人一人、個人的に散在している障害者たちを、社会の内で平等に生活させるよりも、特定の施設を作って、障害者を隔離し、集団として管理した方が、財政的にも、彼らの社会組織の維持のためにも、安上がりであることを彼らは、良く知っているのだ。僕たちが、社会の内に、個人として散在する限り、僕たちは、その不満に応じて、自由に連帯し、自らの要求を闘いの上に反映させることが出来るけれども、集団として管理されて行く情況では、一人一人の異なった要求は、集団の名において、逆に拘束される運命にある。彼らの意図は、障害者の個人的要求を犠牲にして、彼らの管理を強化することであり、闘いを適当に抑圧するために、個人的な意志を喪失した哀れな集団を、自ら必要とするのである。

ある種の人たちは、これに対して異論を唱え、個人の力の微弱なること、そのためには数で対抗すべきことを、熱を交えて力説する。

僕は、もちろん、それについて、彼らと争うつもりはない。彼らは正しい。けれども、ばらばらな存在は、容易に管理されないことも又、事実として認識して置くべきである。

闘いは、名もない個人の意志に始まり、その不屈の意志によって持続するのだ。意志さえあれば、誰の管理も命令も受けずに、個人としての自由な連帯が可能となる。障害者こそ、自らの名において、あらゆる闘いに参画し、己れの利益を主張すべきである。障害に応じた各々の立場を、その闘いの上に反映させなければ、どうして、差別が無くなろうか？　彼らの理想の上に己れの理想を付け加え、誰の拘束も受けずに、自分の生まれたその場所で、社会と共に、自由に生き得る開かれた関係を生み出さなければ、僕たちは永久に、無能集団として、彼らの管理に甘んじていなければならないのだ。障害者が生きて行く上で、物質的、精神的に不都合な社会構造が存続する限り、僕たちも又、彼らによって押し付けられた《障害者は障害者同志》という間違った社会意識から、自己を解放出来ないだろう。車から人間を守るという名目の下に、歩道橋を作り、人間に無用の労力を払わせて、逆に車を優先させる、彼らのような、愚かな福祉の発想では、障害者や老人は、ますます、己れの世界を狭くするのだ。リハビリテーションという外来語が、《社会復帰》と誤って訳されてしまった陰には、福祉に対する彼らの権力的な姿勢や彼らの持つ封建的な差別意識が、根深く反映されている。

その語の何処に、《社会》という概念が存在するのか？　又、誰が、何処から復帰するのか？　彼らの旧態依然たる社会構造は、棚上げにして、障害者のみに、絶えず、アクロバット的努力を強いる、この逆転した要求に対してこそ、僕たちは、反旗をひるがえさなければならない。復帰すべきは、障害者にあらず、むしろ、社会が、立ち返るのだ。人間の持つ自然な慣性に従って、社会そのものを変革することが、人間の可能性を引き出すための主なる要因である以上、僕たちが、自らの闘いを通して、社会を障害者の理想の下に復帰させるのは、当然ではないか！　障害者に対して、その輝ける道を開く勇気のある社会——この最も弱い人間にも、平等に、生命の悦びを味わわせ得る社会は、真に革命的な社会である。果たして、おぞましい資本の怪物が人間の良心を食い荒らしている所には、僕たちの理想とする、そのような《豊かな》社会は生まれない。平等とは、能力の問題ではなく各々の利益に関わる問題であることを、常に正しく把握しながら、僕たちは、共に、可能なるものの領域を、自らの手で拡げて行こう。

彼らの福祉は、資本の狡智だ。社会の不備が、福祉を生むのだ。福祉は資本の方便なのだ。資本が支配を続ける限り、差別社会の根源は、永久に無くならず、彼らの管理は、これからも、長く、僕たちの自由への道を鎖し続けることだろう。僕は、けっして、オプチミストではないが、社会が、もっと素直に自らの管理主義や構造上の問題点を正して行くなら、僕の主張する《施設無用論》は、万人によって、具体的な理解を得られるに違いない。この最も弱い人間が、一人残らず平等に救われる社会なのだ。どうして、万人が救われない筈があろうか？　それ故、僕は、何度でも、己れの主張を、くり返さねばならぬ。

障害者の利益は総て、万人の利益である。

3．障害者に加えられる社会的差別は、人間の全的解放を通じてしか根絶し得ない、——

しかしながら、この問題は、あらゆる領域における人間の解放を目的にするが故に、従来考えられて来た政治主義的な解決の方法や、単独に福祉だけを改革しようとする運動では、むしろ、問題の在り方を複雑にするばかりで、その底に埋もれている本質的な内容には、誰一人、手を下せぬままに終わるだろう。

それは、社会のあらゆる領域——単に、政治的な自由の問題に限らず、障害者が、人間として関わる、経済的、文化的、宗教的、歴史的、教育的、家庭的、性的な、一切の拘束からの解放である。そこには、唯の人間、女の下腹から生まれ出た唯の人間が存在しているだけであり、障害者も又、唯の人間として、已れに加わる社会拘束からの全的解放を叫んでいるにすぎない。権力は、果たして障害者の問題を、何時も特殊な問題として捕らえて来たが、それを別の次元で、単独に片付けようとする彼らの態度こそ、正に、社会的差別のあらわれであり、そして又、多くの障害者たちを、施設や特殊学級の壁の向こうに送り込む反動的社会思想の反映である。障害者を、自ら拘束し続けるからだ。どうして、人間の解放が語れようか？　障害者の問題が、人間の問題である限り、そこには、如何なる特殊性も存在しない。あるのは、唯、個人のレベルでの特殊性だけであって、そのような特殊性に立つ個人には、人間を部分的に類別して社会的に疎外するような愚かな思考は、無意味であることを、総ての人々が悟らねばならない。すなわち、僕がここで言いたいことは障害者だけが特殊な社会問題を持った人間ではなく、むしろ、世の中の人々が総て、何らかの問題を持った特殊な人間であり、その特殊な人間の集合体が僕たちの社会であるということだ。社会の内で、社会と共に、障害者も又、人間の全的解放の闘いに、自ら参画すべき理由が、ここにある。障害者に加えられる社会的差別は、人間の全的解放を通じてしか根絶し得ない実に根深い問題をはらんでいる。それ故、僕は、障害者の福祉を、それのみで考えようとする彼らの方法に与しないのだ。それは、彼らが言葉で理解している以上の、人間的な問題である。彼らは、障害者の解放が、不可避的に人間の全的解放を必要とすることを、何時も不思議に忘れている。

彼らは、あたかも障害者問題という、自分に無関係な問題が独自に存在していると考えているようであるが、問題なのは、むしろ、障害者の存在を、そのように考えることによって社会的に疎外している彼らの差別意識の側であり、又、そういう差別意識を生み出している社会構造の変革なくして、人間の全的解放は語れないと同様に、障害者の福祉との関連なくして、人間の問題も語れないのだ。彼らは、絶えず、人間性の尊重を口にするが、《人間》について、何一つ理解していないが故に、存在としての人間——個人としての人間は、彼らの意味する人間の中から、空しく消されてしまうのである。それ故に、僕たちは、到る処で、彼らによって作られた墓穴をあばき、そこから個人としての生きた人間を復活させなければならない。そのために、僕たちにとって必要なのは、人間とは《私》であるという、僕たちの生存の自覚であり、他の何ものでない《私》の利益こそが、正に、僕たちの問題にしている福祉の唯一の対象なのである。

4．〈隔離〉の思想Ⅰ　教育において

然らば、このように尋ねる人が居るからかも知れない。――《では、障害者たちは今まで、何を考え、又、何を望んで来たのか？》と。

確かに、障害者たちは、自らの主張の機会を、長年にわたって植え付けられた、その卑屈さのために、少なからず放棄して来たかのように思える。しかし、それは、如何なる意見も、具体的な成果となって実現されることのない福祉行政へのあきらめと、人間不信を作り出した社会自体にも、その責任の一端を担ってもらわなければなるまい。それまで、表現の手段を与えられなかった人間に、意見を言えと言った所で、何になるのか？　そういう恥知らずな要求の前で何ごとかを主張し得るのは、いわゆる社会的順応性を備えた比較的軽い障害者だけである。彼らは、障害者であるには違いないが、他の重い障害者たちよりは、経済的な自立度が高く、社会的恩恵にも浴し易いために、その立場は、総ての障害者を代弁するには、あまりにも根源性に欠けている。それ故、この種の軽い障害者たちは、原則的に現実との妥協の方向を見出すことによって、権力の管理主義的な福祉行政に荷担するのだ。僕は、この種の人間が、到

る処で、僕たちの声なき声を握りつぶしていることを知っている。表現の手段を与えられなくなった人間が、何の答えも出さなかったからといって、直ちに意見がない、望みがないと決め込んで良いのかどうかを、彼らも又、人間の根源に立ち返って、もう一度考えてみるべき時期に来ているのではなかろうか？

お役所の門を、一人でくぐれる障害者は、わずかなのだ。又、お役人の《侮辱》に抗して、自らの要求を突き付けられる障害者も一部分にすぎない。団体の主張は、それを動かす力を持った能弁な者の主張である。だから、何時も、忘れられた者の声は、障害者の声に限らず、総て無きに等しいのだ。けれども、仮令、障害者たちが今の時点で、自分の望みを語り得ず、常に沈黙を続けるとしても、人間の問題を誠実に把握し得る人ならば、その望みも、その考えも、理解出来ない筈はないのだ。障害者は、けっして特別な望みを抱いている訳ではない。

それは、人間である限り、誰もが抱く、人間として社会的に生き易く生きたいという共通の望みである。かつて、福祉に携わって来た多くの人たちは、単に生き易く生きるという点では、かなり明確なるものを打ち出して来たが、障害者にとって最も重要な要求である《人間として、社会的に》という望みを、思想的にも、現実的にも満たしてやることが出来なかったのだ。斯して、福祉におけるこの不条理は、社会的な差別構造の一翼を担う、隠された疎外様式の基盤として、僕たちの生活に、終生、付きまとうことになるのである。それは、自らにとって都合の良い体制を永久に保持し、不都合なるものを、総て衆目から遠ざけんとする、権力に特有の《隔離》の思想に通じている。現実には、権力による障害者の《隔離》の様式は保護とか免除とか更生・援護とかの美名に隠れて行われるために、その社会的疎外の内実は、一部を除いて、問題にも上らない。果たして、諸君！《就学免除》という言葉の存在を、君たちの内の何人が知っているであろうか？　僕はデータ嫌いで通っているが、法に定められた教育の権利を《免除》せられた障害者（児）は、かなりの数に上っている。《免除》といえば、聞こえは良いが、事実上は、学校運営に不都合な生徒として拒否されたのである。理由は、色々あるかも知れない。しかし、その理由は、いずれも、教育者と称する人間が、教育の目的を、権力の要請によって誤認しているところから生まれている。教育の目的とは、一部の限られたエリートを作り出すことではなく、子供たちが、それぞれに社会的連帯感と自由の悦びを学び合い、それによって、己れの幸福を確認する術を与えることである。従って、この教育の理念の内には、障害児を平等に受け入れる理由はあるが、拒否する理由は、何一つない。子供たちの個性が、様々な方向にのびて行く現状から、障害児を隔離しようとする教育が存在する限り、子供たちは、これからも、代わる代わる差別を学び、己れの個性を抑圧して、画一性を自ら望む、不幸な大人になることだろう。特殊学級の存在は、正に、この差別意識を助長させる《隔離》の思想の体現である。

周知のように、常に障害児と共に、同じ教室で学び合って来た健全な子供たちは――初めは、多少の違和感を持っているかも知れないが、それも又、わずかの間で――仲間として受け入れ、けっして差別意識を、あらわにしない。それは、果たして、どのような偏見をも抱かせることのない自由な教育が子供たちの個性を介して、お互いの心の中に、培わしめた自然な連帯感のたまものである。

もし、この成果を、教育の総ての場に押し拡げ、社会のあらゆる領域に、その可能性を見出すなら、障害児と共に学ぶことは、単に、健全な子供たちが持つであろう差別感を抑止するばかりでなく、障害児自身のためにも、将来、幸運を呼び招く兆となるに違いない。元より、現在の社会構造の在り方ではこのような努力は、権力の介入によって阻止されることも又、確実であるが、それ故にこそ、僕たちは、己れの闘いの根源性を、さらに深く認識する必要を求められているのだ。

種々の理由で、障害児たちの存在が、健全な子供たちの間に悪影響を及ぼすと信じている、愚かな《特殊学級》推進論者が教育の場にあるならば、この際、そういう悪しき教師には、首をくくって止めていただくべきである。自らの偏見を子供たちに植え付ける、危険のあり得る人間が、どうして、子供に、自由の悦びを教えることが出来るだろうか？　社会的連帯感を自らに欠いた、この種の教師たち、そして、彼らの教育の哀れな支持者たちは総て、差別を容認する、自由な子供の敵対者たちである。彼らは、その大半が、権力の求める画一的な能力主義者で占められて居り、それが故に、自分の手に余る子供たちは、障害の有無に関わらず、いわゆる《不適応者》として誰でもこれを見捨てて行くのだ。彼らが、己れの恥ずべき教育の歪みを、子供やその能力の問題に転嫁することを止めない限り、それによって、子供同士の間に、不幸な差別意識が助長されるだけでなく、更には、障害を持つ子供の親が、至る所で、健全な子供の親たちから、常に差別を受けるという悲しい情況が生まれるのである。特殊児童なるものを作り出すことによって、あるいは、彼らは、己れの権威主義を満足させることになるかも知れぬ。けれども、差別される側の者にとって、それは、あまりに人間を踏み付けにした仕打ちでしかない。又、差別教育を必要とする彼らの中には、知能指数《Ｉ・Ｑ》の問題を正当な理由として、打ち出す人たちが居る。

　けれども、それ自体が、すでに偏見の産物でしかない代物に対して、科学的根拠を与えることは、暴挙以外の何ものでもない。果たして限られた時間の中で、知性の行う直観的仕事量を、人間の絶対権力と錯覚しているこの歪んだ方法では、子供の如何なる個性からも、その可能性を探り出すことは出来ないだろう。彼らにとって重要なのは、何よりも先ず、決められた作業を素早く、忠実に果たし得る能力であって、何を、どのように考えるかは、全く問題にならないからである。極言すれば、それは、資本主義の生み出したスピードへの偏執に他ならず、その要求を満たし得るパラノイアこそが、時代と権力の限りなき庇護を与えられるに過ぎない。

5. 〈隔離〉の思想Ⅱ　労働において

A. この世に無能な人間などは一人も居ない。あるのは、唯、資本という障害だけである――

言うまでもなく、これらの能力主義がもたらす数々の問題は、総て皆、彼らの抱く、経済思想の反映である。《時は金なり》という言葉の内に、彼らが認める教訓は、もはや本来の意味でなく、過酷な資本の要請であるだろう。彼らは労働を神聖化する。けれども、それは、少ない金で、より多くの労働時間を確保しようとする巧みな資本の策略であり、そこから己れの搾取する時間が多ければ多い程、その労働は、ますます神聖化されるのである。果たして、ここには、差別教育の根源である《I・Q》の論理――スピードへの偏執が形を変えて支配している。社会の総てが資本に奉仕しているこの現状では、社会的連帯感の証しであるべき労働が、逆に、障害者差別を推進する経済的な能力主義の温床となるのである。資本が人間に求めるものは、唯一つ、自らの利潤を増大させる生産性の向上に他ならない。

それ故、障害者の労働参加は、資本の求めるスピードに適応し得ぬ限り、総て、これを拒否できるという愚劣な論理が、社会常識として、まかり通るのである。それは、障害者の経済的自立の道を鎖し、本来、労働が目的としている《共存》の原理さえも否認するものであるのだ。すなわち、このことは、社会そのものが、資本に対する貢献の度合いによって、自ら人間を類別する疎外様式の内に、あらかじめ組み込まれていることを、暗示している。従って、資本の下す決定は、何人といえども、これを免れる訳には行かない。資本の支配する社会においては、総てが資本のためにあり、総てが資本に還元されるからである。それ故、僕は、断言する――彼らの意味する《社会復帰》には、正に、資本の要請であると。果たして、彼らは、資本に奉仕する能力を、絶えず社会に求めている。障害者に対して彼らが課する至上命令も又、このことであるのだ。もしも、この命令に服さず、資本に対して奉仕する能力を取り戻すことが出来ない時は、彼らは、障害者の人権さえも認めることが出来ないのである。障害者の人生に対して、それが、どのような運命をもたらすかは、僕の説明を待つまでもなく、良心を備えた人間ならば、誰もが十分、理解し得ることだろう。恐らく、彼らは、障害者が労働に適さないという手前勝手な理屈を付けて、障害者の労働参加を拒み続けるに違いない。けれども、本当に適さないのは、労働にではなく、むしろ、神なる彼らの資本にとってである。

労働が真に、《共存》の原理によって支えられているなら、障害に応じた労働は、いくらでもある筈であり、障害者も又、自らの労働を通じて、その社会的利益を平等に受け取る権利を与えられなければならない。周知のように、労働は、憲法第二十七条によって、僕たちに定められた基本的な権利の一つである。

人間にとって、働くということは、経済的な自立の道を獲得するために不可欠であるのみならず、社会的な連帯の悦びを平等に味わうための貴重な利益をもたらすものであり、如何なる人間といえども、その権利を永遠に保障されていなければならない。けれども、現実的には、様々な理由で、障害者は、労働の場から疎外され、福祉という美名の下に、ほそぼそと生きる運命を強いられている。果たして、《健康で文化的な》生活の保障を約束する福祉の論理が、逆に障害者の労働を、人間としての生活を、そして、社会的な一切の自由を剝奪する、正に最低の状況を作り出しているのだということを、僕たちは絶えず、肝に銘じて置く必要があるだろう。出来ることよりも、むしろ出来ないことで、人間の能力を価値付けてしまった彼らにとって、障害者の存在は、常に無用に等しいのだ。元より、労働における障害者《隔離》の究極原因は、資本の都合によって生み出された社会構造の歪みにある。従って、社会がもし、資本の要請を免れ、障害者の残された能力から、それに応じた労働を引き出すことが可能であるなら、障害者は、けっして、経済的にも自立できない筈はないのだ。この世に、無能な人間などは、一人も居ない。あるのは、唯、資本という障害だけであると、僕らが今さら、くり返してみせる必要があろうか？ 人間が労働を求めるのは、何も、資本や国家に奉仕するためでなく、労働それ自体が、人間であることの唯一の誇りを呼び覚ましてくれるからである。

労働への意欲が、仮令、結果的に、経済的な利益の追求に結び付くとしても、労働は本来、社会と共に行きようとする人間の自然な欲求のあらわれであるにすぎない。それ故、僕たちの社会が、自らの契約を、文字通り事実として履行しようと努める限り、その内に生きているどのような人間も、その能力に関わらず平等の社会的利益に浴さなければならない。

B．人間が、自覚した個人として生活していくために必要な諸経費は、医学的に決定された障害度を示す等級の値には、全く何の関りもない。

果たして、労働の場における障害者の現実には、僕たちの社会の契約に反して、今もなお差別の嵐が吹き荒れている。もちろん、障害者に対する雇用促進の掛け声は、にわかに高くなりつつある。けれども、僕たちの耳にする彼らの声は、残念ながら、相も変わらぬ空念仏のくり返しに他ならず、焼け石に水のことわざ通り、絶えず、掛け声だけの、あげ底宣伝に終始すると見て、まず間違いない。仮に、彼らが、ここにおいて、なにがしかの雇用の事実をふりかざしたところで、現在の障害者人口全体に比較する限り、その実態のおそまつな、誰の眼にも明らかである。彼らが雇用の対象とするのは、資本にとって、比較的搾取率の高い、軽度に属する障害者――すなわち、労働能力のほとんどを、目的に応じて完全に温存している、聾唖者、および下肢障害者の域を越えてはいない。もちろん、僕の言う障害度の把握方法には、多少、説明を加えて置く必要があるだろう。周知のように、身体障害者手帳を交付された障害者には、その障害の度合いを示す等級というものが存在する。大きく分けて、一級二級の障害者を重度と呼び、それ以下を軽いものと判定するようであるが、これらの判断は、純粋に医学的な見地からなされるために、部分的な障害判定しか出来ないのである。それ故、医学的な見地における障害度は軽いと判定されても、資本の求める生産速度に適合し得ず、労働の場を奪われたまま、何の救済を与えられずに、社会の谷間で忘れ去られて行く障害者が居ると思えば、逆に又、医学的に重度と判定され、ある程度の救済措置を受けている場合でも、経済的な活動の面では何一つ差し障りのない労働者として自立している障害者も存在するという不条理な格差が、同じ障害者でありながら、単なる等級の違いによって現実に生まれているのである。すなわち、障害度を直接判定する現行の医学的な唯一の方法は、障害者の経済的自立度を全く考慮に入れない、肉体上の表面的な機能判定に過ぎず、従ってそれは、どのような意味においても、障害者の経済的不利益を救済する、理想的な判定ではないということに、この方式の過ちがあるのだ。果たして、人間が、自覚した個人として生活して行くために必要な諸経費は、医学的に決定された障害度を示す等級の値には、全く何の関わりもない。特に、そのような機能判定から割り出された等級によって、障害者の受けるべき年金の内容や、その他、各種制度による福祉措置に格差を設けなければならない正当の理由が、何処にあるのか？　障害者の経済的自立度を抜きにした現行の等級格差は正に、社会的連帯性を欠いた差別福祉の基盤であって、もし、それが、何らかの形であがなわれないなら、そのような等級などは、むしろ廃止してしまった方が、得策というものである。そうして、新たに、医学的見地から判定された等級に代わる、より現実的な経済的見地からの障害者等級を作り出さなければならない。もちろん、如何なる障害者にも、その能力に応じた労働が与えられ、経済的自立が、社会的に約束され得るなら、このような措置自体、全く不必要なものであるのだ。要は、障害者の自立のために、労働の場を確保することである。障害者の経済的障害を解決することなくして、如何なる自立があり得ようか？　資本の要請によって、障害者の経済的自立への渇望を疎外し、そこから生まれ出るあれこれの重荷を親に肩代わりさせせようとする現在の福祉行政の在り方では、障害者は自立するなと言われているも同じことである。彼らにとって、障害者は、いくつになっても、親の付属物であり、個人として、社会的利益にあずかる存在には、原則的になり得ないのである。すなわち、障害者の経済的障害は、親の責任で解消せねばならないという封建的な社会道徳が、今でも、彼らの思考の根底にこびりついているのだ。口では、《社会復帰》などというまやかしの論理をふりかざすのに、実際に、彼らが福祉と称して行うのは、障害者を、家や施設に隔離することだけである。職の斡旋は出来ない。生活保護は、親の責任であるなどと公言するに至っては、何故《なにゆえ》の福祉かと、疑わざるを得ないであろう。企業の営利目的を押し進めるために都合よく作られた《社会復帰》の論理を根底から覆さぬ限り、福祉は、障害者の社会利益を真実、守るものとは言えず、むしろ、逆に企業の利益に荷担する代物でしかない。というのも、仮令、企業が、その能力を認め、障害者を雇用したところで、保護雇用の名目故に、一般労働者とは本質的に区別され、公然と最低賃金法の枠外に置かれるのである。――すなわち、このことを、もっと分かり易く説明すれば、単に安い賃金で使われるというだけでなく、企業が望めば何時でも好きな時に、首が切れるということなのである。保護雇用の実態とは、正にこのようなものであり、それ以外の何ものでもないのだ。諸君は、この現実を一つ残らず、己れの脳裡に、焼き付けて置くべきである。――そんな馬鹿な！と言われる方もあるかも知れない。何故なら、かつては、僕もそう思っていたのだから、けれども、これは本当のことである。諸君の眼が、諸君の耳が、保護雇用の現実を認識し、彼らの福祉の限界を納得してもらえるなら、これに優る証しはない。――果たして、僕が憤慨するのは、企業の持っているこうした生来の体質よりも、むしろ、それを知りながら、絶えず黙認し続けている姑息な行政の在り方に対してである。ある種の人々の主張するごとく、職業安定所の門口は、確かに、障害者にも又、開かれている。そうして、時には、職の紹介をするかも知れない。けれども、間違えないで欲しいのは、彼らは、文字通り、職を紹介するだけであって、職を与えてくれるのではない。つまり、その後の責任を、彼らは、何一つ負わないのだ。諸君が、もし、このことを正当に評価してくれるなら、権力の言う《雇用促進》の実態が、如何にお粗末な代物かは、自ずと知れる筈である。

C. 君たちの《夢》が生き残る唯一の道は、民衆の内に根差した反権力の闘いのみであり……

然らば、諸君！　我が信頼の措く能わざる革新勢力の闘いは、これら障害者の問題に、一体、どう関わって来たのか？　残念ながら、この点に関しては《弱者救済》などと称する耳ざわりの良いスローガンを臆面もなく掲げている、例の能なし労組も、やはり同じ穴のむじなであると言わなければならぬ。――この数年、労働側が連続して、春闘に、みじめな敗北を喫しているのは、労働自体が、民衆から遊離した存在となると同時に、己れの組織の安泰のために、自ら、徹底抗戦を回避し、《弱者救済》のスローガンを絶えず、空念仏に終わらせて来たからに他ならない。（不況云々という逃げ口上は、企業や権力の側に有利な条件を与えるだけで、けっして、敗北の理由にはならないのである。不況であればこそ、《弱者救済》のための徹底抗戦が必要となるのだ。）真に《弱者救済》を具体化する闘争はなく、もはや、その勇気もない。あるのは、唯、資本と権力に対する愚かな妥協のみである。——もし、諸君の打ち出した《弱者救済》のスローガンが、徒らに、僕たち民衆の希望を弄ぶ方便に過ぎないなら、それは、権力の叫ぶ《雇用促進》の掛け声と、一体、何処が違うのであろうか？それとも、君たちの言う《弱者》の中には、三里塚の農民たちは……公害や薬害に苦しむあれこれの患者たちは……そうして、僕たちの当面の問題である多くの障害者たちは、這入っていないとでも言うのであろうか？　もちろん、企業が、この種の問題に対して冷淡であるのは——その体質を見る限り——さして驚くには当たらない。けれども、本来、こうした社会的不正を許す筈のない君たち労組が、自らのスローガンを棚上げにして、権力の足下に屈して行く、その情けない姿を目の当たりに見る時、僕は、君たちの《革命性》が、彼らの巡らす資本の域を、未だ一歩も超えないことを嘆き悲しまぬ訳には行かない。——資本と権力を前にしては、もはや、如何なる妥協もあり得ないのだ。もし、君たちの闘いが、現実との単なる馴れ合いに過ぎないなら、障害者に対する彼らの差別は、何一つ無くならないし、その元凶である階級社会の不条理も又、永久に存在し続けることだろう。僕は、今や、福祉に対するどの様な幻想も抱かない覚めた人間として、再び、このことを確認する。障害者の敵は――その正確な意味における君たちの敵――すなわち、神なる彼らの資本であり、それは、正に、明日への憧れと情熱を同じくする民衆の敵でもある。それ故、君たちは自らの掲げる《弱者救済》のスローガンを、何時までも大義名分に終わらせてはならないのだ。君たちの《夢》が生き残る唯一の道は、民衆の内に根差した反権力の闘いのみであり、それに対する連帯なくして、勝利の望みもない。――然り。連帯なくして！

1977・6・18

奴隷の言葉 ――《社会復帰》という視点――

僕が、今でも不思議に思うのは、身体の障害という二重三重の苦悩を背負った子供たちが、外界と隔絶された状況の中で、細々と生きているという事実だ。彼らの多くが、そうした生活を余儀なくされているのは、何も好き好んで、自分の意志によって、そうするのではない。僕は、今、ここで一口に《隔離された情況》と呼んだのだけれども、その詳細な実態を揚げれば、おそらく僕が経験し、僕が知り得たものだけでも、淀みなく、優に四時間はしゃべることが出来る。教育から、政治から、文化から、労働から、果ては自分の家庭から、可能性をも奪われて、彼らは社会の記憶の闇の内に葬り去られて行くのだ。

ある種の人間たちは、しかしながら、この隔絶された情況に、子供たちを送り込むことだけが、福祉であるかのごとく考えている。

そうして、その子供たちを施設の内に封じ込めることにおいて、家庭は肩の荷を下ろして、宗教は愛を口ずさみ、政治はヒューマニズムを唱え、主義は解放を叫び、団体は増強を要請する。ネコもシャクシも異口同音に、施設を福祉に結び付ける。……とんでもない。一体、誰のための福祉（しあわせ）なのか？

どうしたら、子供たちを施設に入れることが出来るのか、ではないのだ。僕たちは、まず何よりも、《どうしたら、子供たちを施設に入れずに済むか》を、自分自身の問題として考えて行かなければならないのだ。

障害者であるという、僅かそれだけのことのために、彼らは、人間として社会的に自由に振る舞う権利さえも与えられていないのである。……それは、何故か？　一体、何故なのか？

一般に、そうした情況に、彼らを追い込んで行くものとして、人々が口にし、又耳にするものに、《差別》と《偏見》がある。それを誰か、良しとする者がいるであろうか？　《差別》といい、《偏見》といい、それを誰か、受け入れる者がいるであろうか？　我が愛すべき（あゝ！）政治家諸氏よ。それについては先刻、君たちの方がご承知の筈だ。

けれども、何を以て君たちは、彼らの要求に応え得たのか？　父よ。母よ。隣人たちよ。偉大な教師よ。ブルジョアよ。偽革命家たちよ。暴走するダンプの運ちゃんたちよ。四次防のペテン師どもよ。国家に尾を振るピエロの群よ。君たちは、何を以て彼らの要求に応え得たのか？　《差別》に《差別》を以て、《偏見》に《偏見》を以て——これこそが、彼らに対して答えたものだ。

《差別》は承知している。《偏見》は承知している。では、何が君たちにとって、承知されていないのか？　実は、正にこのことが、彼らの置かれている情況を生み出した本質的な問題点なのであるが——それは、自らの、彼らに対する《無知》そのものなのだ。

《無知》であるが故に、その《無知》を以て《差別》をくりかえし、《偏見》をくりかえす。彼らにとって、何が《差別》であり、何が〈偏見〉であるのか、を君たちは知らない。障害者である彼らが、本当に求めているものを、君たちは知らない。知らないことを、知らない故に、君たちは《差別》者として、彼らの眼前に立ち現れる。これは、ひとり、障害者の問題だけとは限らないだろう。部落問題から人種問題まで——おそらくは、全ての問題が、この《無知》に根差しているのだ。……僕たちは、知らなければならない。僕たちには、それを知る権利がある。

けれども、今の僕は、それを自分に対して、あるいは主観的に過ぎるかも知れない。——僕は、それを自分に許す。何故なら、僕にとって、他人の問題など何一つ存在しないからである。僕には、今ここで、あの障害を背負う子供たちのことを《彼ら》と呼ぶこと自体が、すでに苦痛なのだ。

あゝ寝覚めの悪い愚かな社会よ。そこで惰眠をむさぼる、唾棄すべき権力者どもよ。

僕たちは、あえて聞こうではないか——社会とは何か？　人間とは何か？　そうして、君たちのいう《社会復帰》とは何か?を。問題は、この言葉の内に含まれている奴隷的な内容について、人々が意外に無関心であると同時に、あまりにも無造作に使用しすぎていることである。
《社会復帰》。……では、障害者は、《社会》の内に存在しなかったことでもあるかのようだ。《人間》ではなかったことでもあるかのようだ。かつても、今も、又将来も、人間として、社会的に存在する筈の障害者にとって、この言葉は、何と苛酷な内容を含んでいることだろう。《社会復帰》とは、正に屈辱的な奴隷の言葉なのである。

けれども、《社会復帰》という視点は、おそらく、権力の側から生まれ出たものであって、僕たちの側からは、原則として引き出すことの出来ないものだともいえる。

つまり、権力の側の思考法からいえば、《社会》的といわれるものは、権力によって合法とされ得るもの、あるいは、権力にとって役立ち得るもの、そのいずれかでなければならず、それ以外のものは、反社会的なものとして抹殺の憂き目を見るという訳だ。このことは、安保・沖縄、それに類する一連の闘争において、僕たち自らが、文字通り血と肉を以て感じ取って来たことに違いない。ある種の人間がいうように、それが、障害者の問題と無関係であるとは、僕には、どうしても思えないのだ。ここ数年間の僕たちの闘争が、反社会的なものとして圧迫されて来た時、障害者も又、当然同じような理由によって圧迫されて来たのだということを、忘れないようにしたいものである。

権力が、障害者に捧げる《社会復帰》とは、一体、何だ！　やっと、権力のために、少しは役に立つものになった……ネコよりもマシになった……という訳なのか？

君たちよ。そんなものは、もう願い下げにして欲しいものだ。真の意味で、僕たちが自分自身に復帰できるような社会に、そろそろ、なって欲しいものだ。（あゝ！）

君たちの生が一回的であるなら、僕たちの生も又、一回であるのだから……。

「奴隷の言葉　――《社会復帰》という視点――」を読む

長谷川修児

「奴隷の言葉」は一九七四年二月一日発行「遊撃」三八号に掲載した吉田正人の文章である（原文は「にんげん」№２-１　七二・二・一発行・発行者　静岡　井上豊子）。正人の死後、高畠まり子さんが再び本稿を取りあげるにあたってひと言書くようにとのことでお受けした。

身体の障害を持つ人間が自分の意志によらずに隔絶された情況に生きている。そして世間のあらゆる分野から可能性を奪われて行く。隔絶された情況、施設それが福祉であるかのごとく考えている。とんでもない。一体、誰のための福祉（しあわせ）なのか？障害者である、それだけのことのために人間として自由に振る舞う権利さえ与えられていない。何故なのか？

この文章が書かれてから四八年、その内実は障害者・一般者の相違を無くする方向を僅かずつであれ目指すようになってきた。介護人がいなければ意見を話せない議員も登場してきた。「自由に振る舞う権利」も獲得しつつある。

障害者を隔絶された情況に追い込んで行くものとして《差別》と《偏見》がある。

それを良しとする障害者、受け入れる障害者がいるであろうか？　正にこのことが障害者の置かれている情況を生み出した本質的な問題点、ピエロのような人たちの障害者に対する《無知》そのものなのだ。全ての問題が、この《無知》に根差しているのだ。社会に存在する僕たちはその人々にあえて聞こうではないか——社会とは何か？　人間とは何か？　君たちのいう《社会復帰》とは何か？　まるで障害者は《社会》の内に存在していない、《人間》ではなかったことでもあるようだ。正に《社会復帰》とは奴隷の言葉なのである。

「社会復帰」は誠に奴隷の言葉である。万人は平等である。それぞれに異なる性格、特性、身体、想念を持つ。雑多な、取りまとめのない個々の存在である。障害者という言葉自体がすでにおかしいのだ。多種多様こそ人間なのだ。

吉田正人（よしだ　まさと）略歴

一九四七年　十二月八日、静岡県清水市（現静岡市清水区）三保生まれ。

幼少時に先天性脳性麻痺と診断される。当初言語（発声、構音）障害と、箸でご飯が食べられないという、手のマヒが目立っていた。年とともに症状は頸椎、上下肢、体幹、内臓に及び、痛みを伴う諸症状に煩わされる。四十歳になるまでには歩行困難になる。

一九七〇年　東海大学文学部史学科卒業。

一九六九年～一九八二年

一九六九年三月、吉田正人詩集（vol.1「黒いピエロ」）を、友人の協力を得て手作り（ガリ版印刷）で発行。このシリーズは一九九九年四月（vol.60「癒しへの道（下）」）まで続いた。文字はその後自ら習得した和文タイプで打たれた。和文タイプライターがどういうものか、ご存じの方が少なくなってきたと思うが、指先でキーボードを打つ英文タイプライターとは異なり、大変な体力を要するものである。鉛でできた活字を一字一字拾うための重い機械の左右についている取っ手を両手で持ち、肩関節を動かして上下させる、という重労働を伴うものなのだ。したがって、当時プラザーからピコワード（一代目）というワープロが発売された時の正人の喜びようったらなかった。メモリー機能はたったの一行だけ、印刷が終わるとともに消え去ってしまう、という代物だったのだが。一九八六年からはワードプロセッサー、さらにその後はパソコンを使って自作の詩はすべて自分で書き込んだ。毎巻数十部印刷して知人、友人に配ったり、一九八二年頃までは静岡や清水の駅通路に座って売ったりした。そのうちの一冊、「市民的抵抗」は、一九八二年東海大学新聞編集委員会の青鷗賞（第二次第四回）詩部門で選外佳作となる。

一九八二年　十二月、高畠まり子と結婚し、戸籍上は高畠正人となる。住居も清水から所沢、七か月後に東京中野に移る。

二〇一九年　三月二十六日、呼吸不全により死去。

二〇二〇年　三月二十六日、第一詩集『人間をやめない　1963～1966』刊行。

（高畠まり子　記）

高畠まり子（著作権継承者）
現住所　〒一六四 - 〇〇〇二　東京都中野区上高田四 - 一七 - 一 - 一一八

解説　「小さな心のなげき」と「小さな理性」を賛美する詩人

吉田正人第一詩集『人間をやめない　１９６３～１９６６』に寄せて

鈴木比佐雄

詩人とは、詩を書くために生まれてきたような、溢れる詩的衝動を抱える表現者である。その内的必然性は、詩人の第一詩集から立ち上がってくる言葉の純粋性だろう。吉田正人第一詩集『人間をやめない　１９６３～１９６６』がこの度刊行された。これを読めば、そんな言葉の純粋性とは何かを明らかにしてくれる。吉田正人氏は、一九四七年に静岡県に生まれ、東海大学入学後には大学のある平塚市などに暮らした。卒業後は清水市に戻り手作りの作品集を執筆し、静岡駅や清水駅の地下通路に坐りその手作りの詩集や散文集を販売し、関心を持ってくれた人と話すことが好きだったという。また当時は時々上京をしていて様々な芸術・社会活動に関心を抱いて自己啓発に努めていた。文通で知り合った高畠まり子さんと結婚後には所沢に住んだが、後に終の棲家となる中野区上高田に暮らし続けた。そして一年前の二〇一九年三月二十六日に七十一歳でこの世を去っていった。妻のまり子さんは、遺品の中にこの詩集「人間をやめない」の草稿である六十三篇を発見した。この詩集は、書かれた直後に吉田氏本人の手で刊行されるはずであったが、何らかの事情で出版には至らなかった。幻の第一詩集の存在を妻にも語ることはなく、なぜ出版できなかったかは謎として残った。まり子さんはそのような草稿を新たに編集し直して一周忌を期して刊行しようと決意された。まり子さんによると吉田氏は先天性脳性麻痺と診断されていたという。脳性麻痺は医学的には「受胎から新生児（生後四週以内）までの間に生じた、脳の非進行性病変にもとづく永続的な、しかし変化しうる運動および姿勢の異常である。その症状は満二歳までに発現する」と言われている。まり子さんにお聞きしたところ構音障害のため発音に難があることと、箸を持つなどの細かな手作業が苦手だったという。しかしバロックなど好きな音楽を聴きながら入力用の和文タイプから始まりワープロ、パソコンなどを使いこなして様々な思いを文字に変換し続けてきたそうだ。そして幻の第一詩集の後には、学生時代から始め、亡くなる近くまで執筆していた手作りの詩集、句集、エッセイ、論考、童話など六十冊とその他の散文集が残された。これらはごく親しい友人・知人たちや駅通路で販売した分を入れても数十部しか発行されていなかった。ただ後半の号の中には印刷所に任せて百冊位を刊行したこともあったらしい。この一冊目の『詩集　黒いピエロ』から始まり最後の『電網書簡　癒しへの道（下）』で終わる六十冊や他の作品集に関しては、一冊の作品集として刊行予定になっていて編集作業が開始されている。

本詩集六十三篇は、吉田氏が十五歳から十八歳の一九六三年～一九六六年の間に書かれたものだが、吉田氏がいかに早熟で人生を貫く指針を持った詩人であったかが理解できる。それはきっと吉田氏が発音や身体的なことからくる偏見や先入観に曝されて、多くの心的な負荷を負っていたことも影響したに違いない。しかしそんな他者の視線を受け止めて、それを逆手にとって人間存在の真の在り方を探求しようという精神性が吉田氏の初期の詩作から感じられる。本詩集は資料編も含めてⅥ章に分けられている。Ⅰ章十五篇の冒頭の詩「思想」を引用してみる。

俗に生きるな
俗に書くな
俗に愛すな
　　……ひとり

この冒頭の四行詩は、どこか墓碑銘のような削ぎ落とした思索的な詩であるようにも感じられる。「俗」をどう解釈するかでこの詩の読み方は異なってきて、鋭く読み手の心に問いかけてくる。「俗」という世間一般的な価値観に安住し流されることの危険性を突いてくる。この三行の否定形で書かれたリズミカルな決意が、吉田さんの「俗」ではない存在感を際立たせ、自らの「ひとり」を根本に据えていることが分かる。「俗」ではなく「高貴」に「生きる」、「書く」、「愛す」ことを目指して人生を歩もうとすることを、自らの「ひとり」に問いかけている。きっと吉田氏の詩作の大きな目的は、自らの精神の奥深くに最も大切なことを問いかけて刻み込むことだったのだろう。吉田氏は「生きる」ことと「書く」ことと「愛する」ことを一致させたいと願っていて、それは「ひとり」であるということを人間存在の根本に据えようとすることだと、十八歳で透視してしまった詩人だった。

次にI章の二番目の詩「詩」の前半を引用してみる。

書いて――
破った。

いつか……
書ける。

それまで、
私は
人間をやめない。

この詩もまた人生を予知するような詩であり、計り知れないほど「書いて――／破った。」ことを続けていたことが分かる。この地道な詩作と思索を対話させていく試みこそが、「いつか……／書ける。」ことを信じて詩人は、さらに書き続けたのだろう。そして「それまで、／私は／人間をやめない。」と確信をもって宣言する。この「人間をやめない」という言葉は、「生きる」ことが「人間」の本来性を問うて探求することだということだろう。この三連目は、障がい者である存在は決して特別なものではなく、人間という多様な存在者の一つの在り方であり、その存在的差異を認めあうことが前提であるということを暗示しているようにも思える。

Ｉ章の三番目の詩「Ｍ・Ｙの告白」の冒頭の「――どうか小さな心のなげきを聞いてあげて下さい。／裏切られた人間よりも裏切った人間の方がもっと、もっと哀れなんです。」などは、「小さな心のなげき」に気づかない人、「裏切った人間」が「哀れ」だという。そして「人間を信じて——その小さな理性を信じて」と語りかけてくる。自他の「小さな心のなげき」に気づく人間こそが、「小さな理性」を発見して、本来的な「人間」に近付けるのではないかという優れた問いが詩として成立している。Ⅰ章はその意味で吉田氏の思想・哲学が柔らかい言葉の問いかけで表現されている詩群だ。

Ⅱ章十六篇は、詩「治にも負けず」のように宮沢賢治、石川啄木、太宰治、谷川俊太郎などに影響を受けた吉田氏の詩論や文学観が色濃く記されている詩群だ。Ⅲ章の十九篇は、詩「世界デモ」のように、書かれた当時の時代を記した社会的なことを内面化しようとした詩篇群だ。しかし今読んでも古びてはいないのは、人間を忘れずに記しているからだろう。Ⅳ章十三篇は、「レモンの愛」のように自己愛から異性愛に目覚め、性愛を知った若い抒情性・官能性を解放しようとする詩群だ。Ⅴ章は、残された草稿の最後に記されてあった三つの彼の精神が宿るような手書きの言葉だ。その中の最後の言葉「うまれて、すみません」は、太宰治が知り合いの詩人から借りた言葉だと言われていて、今は太宰治を語る際によく引用される「生まれて、すみません」だと思われる。吉田氏は太宰治を反面教師として反語的にこの言葉を記したに違いない。Ⅵ章「資料編・論考」として吉田氏の《福祉論》である『奴隷の言葉』が収録されている。そこで「僕たちが、自らの闘いを通して、社会を障害者の理想の下に復帰させるのは当然ではないか！」とか、「この世に無能な人間などは一人も居ない。あるのは、唯、資本という障害だけである――」などの問いを発して、それらを次のように論理的に語っている。

労働が真に、《共存》の原理によって支えられているなら、障害に応じた労働は、いくらでもある筈であり、障害者も又、自らの労働を通じて、その社会的利益を平等に受け取る権利を与えられなければならない。周知のように、労働は、憲法第二十七条によって、僕たちに定められた基本的な権利の一つである。

このような突き詰められ多様な存在を許容する《共存》の論理が障がい者から力強く発せられたことは画期的な事だった。今の時点で読んでも古びる事のない先駆的な《福祉論》だと私は考えさせられた。

最後に吉田氏の志の高さを伝えているⅡ章の詩「治にも負けず　参考　雨ニモマケズ」を引用してこの小論を終えたい。それから私の詩友で翻訳者の志田道子さんは、高校の同級生である高畠まり子さんに助言をしてコールサック社と出会わせて下さった。二人の友情と吉田氏への尊敬が詩人吉田正人を後世に残す大きな原動力だった。お二人に心から感謝の言葉を伝えたい。吉田氏は様々なハンデを抱えていたが、それをものともしないで、賢治、啄木、太宰治、谷川俊太郎、そしてキルケゴール、ニーチェなど数多くの詩人・作家・哲学者たちに影響を受け、一九六〇年代を直視しながら十代後半に奇跡ともいえるこれらの詩篇を書き上げた。そんな吉田氏の原点となる詩篇が多くの人びとに読まれて励ましになることを心から願っている。

治にも負けず　参考　雨ニモマケズ

治にも負けず啄木にも負けず／俊太郎にも誰にもまけない／美しい芸術を持ち欲はなく俗欲はなく――／必要にせまられれば火山のごとくいかり／いつもひとりで考えている／一日に詩二編と短歌と少しの小説を書き／…………／あらゆる人を自分と関係づけて／良く見考え書きそして忘れず／海辺の家の室の中の小さな机の上にいて／…………／山に月見草の花あれば行ってその花をつみ／浜に悲しき人あれば行って共に泣いてやり／社会に不当な行いあれば／行ってその筆をふるい／誰にも負けず誰にも負けず／書けぬ時には涙を流し忙しい時は／じだんだふんでみんなに偏人と呼ばれ／めずらしがられながらも解ってもらえる／そういう人に／僕はなりたい

跋文　詩集『人間をやめない　１９６３〜１９６６』に

かつての友　長谷川修児

　ここにあまれた詩たちは吉田正人の一五から一八歳の四年間にかかれ、それだけでも十分青春のいぶきにぬれる詩集になった。正人との出会いは覚えていないが、「遊撃」に『奴隷の言葉』がよせられたのは一九七四年だから彼二七歳のころだ。その頃はＡ４判ガリ版詩集をだしつづけていた。それらの詩集をすべて失った今『人間をやめない』はぼくにとって唯一の正人の詩集である。収録詩「詩」にこめた意思を七二年の生涯彼は追い求めたのだろう。谷川俊太郎は今も旺盛な創作をつづける。その思想、エネルギィの底は愛であるという。吉田正人もまたそういう詩人であった。

二〇二〇年二月一四日

謝辞にかえて

　正人と暮らし始めた当初、二人でよく言った言葉がある。

「もう、二十年も前から知り合いだったような気がするね。」とどちらからも。

ところが不思議なことに、正人がいなくなってしまってから、一緒に居た三十六年間という長い年月も、わずか五分か十分ほどの短い時間にしか感じられないのだ。

　何も重要なことを語らないまま庭先でコップの水一杯ゴクゴク飲んで、飲み終わるやパーッとまたどこかへ行ってしまったような。

　そして気がつくとこの十代に書かれた詩の一塊《ひとかたまり》が縁先に置かれていたのだ。

「第一詩集」といっても、これは吉田正人の詩の中では、これまで未発表となっていた最後の一塊の詩なのである。書かれた時期が十代で、これまでに小規模ながら著者自身の手によって発表されてきた二十代以降のものと比べると、最も早い時期につくられた詩ということになる。それで「第一詩集」をお読みいただければわかるように、そこには思春期らしい初々しさ、自意識、未来への覚悟やおののき、現実に抗う視点等々が素直に描かれている。それ以降の彼の詩文を読んだことのある方々は、ちょっとびっくりするのではないかと思うほど率直だ。なぜこれが当時人々の手に渡るまでに至らず頓挫したような形になっていたのかということはわからないまま、これらを今出版してしまっても構わないだろうか、ということについて、私には一抹の不安があった。というのは、これまでも誰かに詩の出版を促されることはあったものの、彼は頑なに拒んできたのを見てきたからだ。

それで正人と長年付き合いのあった方々数人に伺うことにした。かつて正人が「彼らはみな若く見えるだろう？ いつも楽しいことばかりやってるから実際の年よりも若く見えるんだよ」と言っていた、「月報 遊撃」（「個の蜂起を！」を標榜する）を五十年来出し続けている長谷川修児さんたちである。出版に反対する人はいなかった上に様々なご助言をいただいた。書名については私とコールサック社代表で編集者の鈴木比佐雄氏と相談の上、『人間をやめない 1963～1966』とさせていただいた。

正人本人がこの第一詩集を本当に喜ぶかどうか……いくら考えても答えは出ないかも知れない。しかしそれらの詩の後につけられた「奴隷の言葉」は、今回の詩集よりも約十年後に書かれた彼独特の主張として、これからも社会の中に読み継がれていくに違いない。本人の意図とは別に、「奴隷の言葉」の著者を知るうえで、詩集『人間をやめない』はそれなりに意味のあるものとなるだろう。それでは、読者の皆さん、時間漬けになっていた言葉たちを、しばし味わわれますように。

二〇二〇年三月八日　　　　　　高畠まり子

石炭袋

吉田正人第一詩集

人間をやめない　1963～1966

2020年3月26日初版発行

著者　　　　　吉田正人（著作権継承者　高畠まり子）

編集・発行者　鈴木比佐雄

発行所　株式会社 コールサック社

〒173-0004　東京都板橋区板橋2-63-4-209

電話 03-5944-3258　FAX 03-5944-3238

suzuki@coal-sack.com　http://www.coal-sack.com

郵便振替　00180-4-741802

印刷管理　（株）コールサック社　製作部

＊装幀　奥川はるみ

ISBN978-4-86435-433-2　C1092　￥1800E